Disney

La Reine des Neiges II

Le secret de Kristoff

Texte de John Edwards.
Adaptation : Rosalind Elland-Goldsmith
Illustrations : Disney Storybook Art Team
Conception graphique : Le chalet graphique

Hachette Livre, 58, rue Jean-Bleuzen, 92178 Vanves Cedex.

Disney

LA REINE DES NEIGES II

Le secret de Kristoff

hachette
JEUNESSE

ELSA

La Reine des Neiges
règne sur le royaume
d'Arendelle. Dotée
de pouvoirs magiques,
elle peut tout
transformer
en glace !

ANNA

La petite sœur d'Elsa a promis de veiller sur son aînée, quoi qu'il arrive ! Rien ne l'arrête quand il s'agit de partir à l'aventure.

OLAF

Ce petit bonhomme
de neige tout mignon
est aussi très, très drôle !
Mais surtout, il est
un ami fidèle.

1

Mission secrète

Le soleil s'est couché depuis une bonne heure sur Arendelle. Les habitants finissent de faire leurs courses avant de rentrer chez eux. Pourtant, Kristoff et Sven arrivent tout juste sur la place du village. Le jeune homme

a revêtu une tenue bien chaude pour parer au froid. Il a harnaché son ami à son traîneau, sauf qu'à la place des blocs de glace qu'il transporte habituellement, il a chargé des outils.

– Je voudrais que tu m'accompagnes pour une mission très spéciale… lui annonce-t-il. Spéciale et surtout… très *secrète.*

Le renne dresse les oreilles, intrigué.

– Nous allons faire un tour dans la montagne, non pas pour débiter de la glace, mais pour trouver un cadeau pour Anna, annonce Kristoff. Un cadeau hors du commun pour une grande occasion… Tu veux bien me donner un coup de main ?

Sven lui lance un regard complice qui veut dire : « Bien sûr ! Tu sais que tu peux compter sur mon coup de… *sabot* ! »

Kristoff passe en revue son équipement. Comme souvent, il fait semblant de dialoguer avec Sven, en prenant une drôle de voix :

– Tu as pensé à emporter des lanternes ?

– Bien sûr ! répond le jeune homme de sa voix normale.

– Et mes carottes ?

– Comment oublier ?

Soudain, une petite silhouette toute ronde surgit sur la place du village et s'écrie avec entrain :

– Et ta pioche, alors ? Kristoff ? Tu ne vas pas l'oublier, quand même ! Tu m'as toujours dit que c'était l'outil indispensable des débiteurs de glace !

Sven et Kristoff se retournent et se retrouvent nez à nez avec Olaf.

– Que fais-tu ici ? demande le jeune homme. Il est tard, tu sais…

Au lieu de répondre, le bonhomme de neige lui retourne la question :

– Et vous, alors ? Pourquoi êtes-vous toujours dehors à une heure pareille ? Je croyais que la glace se récoltait en journée, pas la nuit !

Kristoff hésite… Il aime beaucoup Olaf, c'est un ami fidèle, toujours gai et plein d'humour.

« Mais il est incapable de garder un secret, songe le jeune homme en se grattant la tête. Si je lui explique la raison de notre expédition, il ne saura pas tenir sa langue. Et il risque de gâcher la surprise. »

Il prend une inspiration. Plutôt que de mentir au bonhomme

de neige, il choisit de ne lui donner qu'une demi-explication.

– Nous allons à la Montagne noire, déclare-t-il, sans préciser la raison.

Par chance, Olaf se satisfait de cette réponse.

– Bonne balade, alors ! lance-t-il avec un grand sourire.

Puis il tourne les talons.

– Ouf ! souffle Kristoff en s'éloignant dans l'autre sens avec Sven. Olaf n'y a vu que du feu. Maintenant, en route pour l'aventure !

Danger !

Kristoff et Sven se mettent en marche. Ils quittent Arendelle et prennent la direction de la haute chaîne montagneuse qui domine le petit port. Les flancs sont escarpés et couverts de sapins. Les sommets sont si hauts qu'ils transpercent les nuages.

Tout en cheminant, les deux amis discutent et plaisantent. Ils ne voient pas le temps passer et ne sont pas gênés par le vent froid. Enfin, ils aperçoivent un panneau de bois.

– *Mine de la Montagne noire*, lit Kristoff. Parfait ! C'est cette mine abandonnée que je cherche... Nous ne sommes plus loin.

Mais Sven n'est pas aussi enthousiaste. Car, sous le panneau,

un autre, plus petit, indique : DANGER ! Le renne fait une moue incertaine, il recule même de quelques pas. Alors, pour l'encourager, Kristoff attrape ses rênes et assure :

– Je connais ces montagnes comme ma poche. Tant qu'il ne neige pas, il n'y a aucun risque d'avalanche. Nous n'avons rien à craindre. En avant !

Quelques minutes plus tard, les compagnons parviennent à une grotte.

– L'entrée de la mine, constate Kristoff, ravi. Maintenant, à moi de jouer !

Il décharge le traîneau et détache Sven. Puis tous deux pénètrent dans la caverne, munis du matériel.

Il fait très sombre dans la mine mais Kristoff a pensé à tout.

Il allume trois lanternes et les accroche aux bois du renne.

– Pratique, commente-t-il, avant d'ajouter avec un sourire : Et cela te va à ravir !

Sven, lui, n'est pas convaincu de son nouveau style, mais il veut bien l'admettre : l'idée de son ami est plutôt ingénieuse.

Kristoff ne tarde pas à trouver l'endroit parfait pour creuser. Armé de sa pioche, il donne de grands coups dans la roche et travaille ainsi toute la nuit, sous le regard bienveillant de son compagnon. Enfin, peu avant l'aube, il s'écrie :

– Ça y est ! J'ai trouvé !

Il brandit une pierre grisâtre. Sven l'observe avec étonnement. Tout ce chemin et tout ce travail… pour ça ? Un caillou cabossé ?

Face à la moue incrédule de son ami, le jeune homme s'explique :

– Ce n'est pas un simple caillou, voyons, mais une pierre beaucoup plus rare et beaucoup plus précieuse.

Il fait rouler l'objet entre ses doigts et une étincelle éclaire la mine. Le renne se fige, les yeux ronds.

– C'est un diamant ! s'exclame Kristoff. Encore brut et plein de poussière, bien sûr, mais, bientôt, il aura un aspect très différent. Surtout, il m'aidera à réaliser l'un de mes rêves les plus chers…

3

Chez les trolls

Après avoir rangé soigneusement le diamant dans un gousset, Kristoff et Sven quittent la mine de la Montagne noire.

– À présent, direction la Vallée des pierres vivantes ! décide le jeune homme en grimpant dans le traîneau. Nous allons rendre visite aux trolls… et leur demander un grand service.

Le renne s'élance avec entrain. Après une nuit entière dans une grotte, il est heureux de faire un peu d'exercice à l'air frais ! Sans compter qu'il est très attaché aux trolls et qu'il se réjouit toujours de les retrouver.

Les deux amis ne mettent pas longtemps à rejoindre la vallée car il suffit de laisser le traîneau glisser le long de la pente. Hormis quelques souches d'arbres et des rochers épars, ils ne rencontrent aucun obstacle sur le chemin.

À leur arrivée dans la vallée, Grand Pabbie et Bulda les accueillent avec joie.

– Heureux de te voir, fiston ! déclare le chef de la tribu en serrant Kristoff dans ses bras. Tu es ici chez toi, comme toujours.

Les autres trolls accourent aussi. Ils entourent Sven, le caressent et grimpent sur son dos. Le renne est aux anges ! Il est très tôt et il fait encore sombre, mais la vallée est en fête !

– Passons aux choses sérieuses, déclare enfin Grand Pabbie. As-tu trouvé le diamant, Kristoff ?

– Oui, le voici… répond ce dernier en s'agenouillant.

De la petite bourse en cuir, il sort la pierre. Malgré la poussière, celle-ci brille de mille feux. Tout le monde l'observe avec émotion et admiration. Pendant quelques secondes, le silence règne dans

la vallée. Puis le chef des trolls se frotte les mains et dit :

– C'est parfait ! Il est exactement de la bonne taille… À présent, au travail !

Il s'empare du joyau et l'apporte à deux autres trolls, munis de petits outils métalliques. L'un s'est équipé d'une loupe spéciale permettant de voir les moindres détails, l'autre d'un minuscule piolet.

Pendant de longues minutes, les trolls taillent, façonnent et

polissent la pierre. Kristoff ne voit pas ce qu'ils font mais une chose est certaine : ils mettent du cœur à l'ouvrage. Sven observe la scène de loin, l'air toujours sceptique. Il continue de douter qu'un « simple caillou » soit le cadeau rêvé pour une jeune femme comme Anna.

Enfin, Grand Pabbie et ses acolytes cessent de travailler. Ils échangent des sourires satisfaits et hochent la tête. Kristoff est très impatient de voir le résultat…

Et quel résultat ! Les trolls lui apportent le diamant… qu'ils ont transformé en une magnifique bague scintillante ! La pierre a maintenant une forme parfaite et harmonieuse. Le travail minutieux des trolls a permis de révéler sa véritable couleur dorée ; une teinte très rare, pour un diamant. Et ce n'est pas tout : Grand Pabbie et ses amis l'ont serti de minuscules cristaux et monté sur un anneau en or.

Sven est stupéfait. Il reste bouche bée devant tant de beauté. Kristoff, lui, est très ému. Il se penche vers son ami et lui souffle :

– Je t'avais bien dit que ce serait un parfait cadeau pour Anna. Car c'est une bague de fiançailles...

4

La leçon de Bulda

Bulda est heureuse de savoir que Kristoff va demander Anna en mariage. Depuis le temps qu'ils s'aiment, tous les deux !

– Comment vas-tu t'y prendre ? questionne-t-elle.

Le jeune homme rougit et bredouille :

– Comment je vais m'y prendre ? Eh bien, euh... Je vais tout simplement, euh...

Bulda croise les bras et déclare avec une moue :

– Hum, ta demande n'est pas très au point ! Il faudrait t'entraîner... ou bien Anna ne comprendra rien !

– Tu as raison, admet Kristoff. Il faut que j'aie un plan. Sven, tu veux bien m'aider ?

Le renne hoche la tête et bat des cils pour imiter Anna. Son ami s'éclaircit la voix et se

lance, en tenant la bague du bout des doigts.

– Le moment venu, je regarderai Anna droit dans les yeux, et je lui confierai que… euh… qu'elle est mon *arme sœur*… mon ÂME sœur, je veux dire ! Et que j'aimerais passer le restant de mes *fours*… de mes JOURS avec elle !

Bulda est effarée. Elle se prend le visage dans les mains et souffle à Grand Pabbie :

– C'est ton fils, enfin ! Fais quelque chose ou il va se ridiculiser !

Mais son mari n'a pas l'air plus à l'aise. À son tour, il balbutie :

– Oui, bien sûr, pour faire une annonce aussi importante, il faut se préparer mais… ma propre demande en mariage remonte à si longtemps que je ne me souviens plus très bien comment faire !

Bulda bouillonne. Entre son époux et son fils adoptif, il n'y en a pas un pour rattraper l'autre !

– Très bien, dans ce cas, c'est moi qui vais tout expliquer, décide-t-elle enfin. Assieds-toi sur cette souche, Kristoff. Et toi aussi, Grand Pabbie, tant qu'on y est… Tu ferais mieux d'écouter, cela te rafraîchira la mémoire !

Le jeune homme et le troll s'exécutent. Bulda saisit une craie et se poste devant un

rocher qui fera office de tableau noir.

– Ça, c'est Anna, dit-elle en dessinant une silhouette. Et ça… c'est toi, Kristoff !

Elle trace un second bonhomme, agenouillé au sol.

– Pour présenter la bague à ta bien-aimée, tu devras mettre le genou à terre, reprend Bulda. Puis, il faudra énoncer clairement ta demande : « Anna, veux-tu m'épouser ? »

Le jeune homme suit la démonstration avec attention. Il hoche enfin la tête, puis interroge :

– Et quel est le meilleur moment, pour faire une demande en mariage ?

Bulda sourit, puis elle répond avec douceur :

– Ça, je ne peux pas te l'enseigner. Seul toi peux le savoir. Alors fais-toi confiance. Écoute ton cœur.

Grand Pabbie acquiesce :

– Bulda a raison. L'amour est une affaire de sentiments. Et ça, on ne l'oublie jamais !

5

L'instant parfait

De retour à Arendelle, Kristoff a élaboré un plan. Et, avant toute chose, il va demander à Elsa l'autorisation d'épouser sa sœur. Vêtu de ses plus beaux habits, il donne rendez-vous à la reine sur la place du village. Il a la gorge serrée et ses mains tremblent un peu.

– Elsa, j'ai une question à te poser... commence-t-il en prenant son courage à deux mains. Tu le sais, j'aime Anna et j'aimerais... si tu l'acceptes... lui demander...

– ... Sa main ? complète la jeune femme, les yeux brillants. Quelle bonne idée ! J'en serais ravie !

Elle se jette dans ses bras et le serre contre elle.

– Déjà que tu es l'un de mes meilleurs amis, ce serait une joie

de t'accueillir dans la famille ! Mais ce n'est pas à moi de décider, alors je ne peux qu'espérer que ma sœur dira oui.

Kristoff pousse un soupir de soulagement. Finalement, obtenir la permission d'Elsa n'a pas été si difficile. Avec un peu de chance, la vraie demande sera simple.

« Il suffit que je trouve l'instant parfait... » songe-t-il.

Pourtant, c'est là que les choses se corsent. Car Kristoff a beau guetter le meilleur moment, celui-ci ne semble jamais se présenter. Que ce soit lors d'une sortie en forêt, sur la place du village, ou dans la cour du château, le jeune homme n'ose pas se lancer.

Le pire, c'est pendant la soirée de jeux. Anna adore les jeux de société : les charades, les échecs, les cartes... Alors quand le soleil se couche et que le vent froid souffle sur Arendelle, la princesse invite parfois ses amis et sa sœur à jouer au coin du feu.

« C'est l'occasion rêvée ! pense Kristoff. Je vais faire équipe avec elle, nous chercherons ensemble les bonnes réponses, ce qui nous permettra de gagner… Et, pour célébrer notre victoire, je lui présenterai la bague ! »

Sauf qu'Anna a un sacré esprit de compétition. Dès le jeu de charades, elle ne pense qu'à une chose : mener au score ! Loin de consulter son coéquipier, elle répond seule aux questions et enchaîne sur une nouvelle partie à chaque coup gagnant. Elle ne remarque même pas quand Kristoff sort la bague de sa poche. Au contraire, elle fait une petite danse de la victoire et s'empresse de proposer un

autre jeu. Le jeune homme est tellement dérouté qu'il lâche le précieux bijou... Au lieu de finir la soirée en beauté, avec une demande en mariage, le voilà à quatre pattes pour récupérer la bague qui a roulé sous un fauteuil !

– Je n'y arriverai jamais… se plaint-il, complètement abattu.

C'est alors qu'il repense aux paroles de Bulda : « Écoute ton cœur. »

« Plutôt que d'attendre le moment idéal, je devrais suivre mon intuition », songe-t-il.

C'est ainsi que, le lendemain, au cours d'une promenade ordinaire avec Anna, Elsa, Sven et Olaf, Kristoff se décide. Sans prévenir, il se tourne vers sa bien-aimée. Il lui prend doucement la main et pose un genou au sol.

– Anna, tu es la personne la plus merveilleuse que je connaisse,

déclare-t-il. Je t'aime depuis le premier jour. Veux-tu m'épouser ?

La jeune femme a les larmes aux yeux. Elle prend une inspiration et, d'une voix convaincue, s'exclame :

– Oui ! Avec joie !

Leurs compagnons sont fous de bonheur, eux aussi. Sven ne peut retenir un sanglot d'émotion. Il est si fier de son ami !

Mais le plus heureux de tous, c'est Kristoff. Il se relève, le visage rayonnant, et fait tournoyer Anna dans ses bras.

– J'ai attendu si longtemps, lui confie-t-il. Je n'osais pas faire ma demande... Je voulais choisir l'instant parfait... Mais maintenant, je comprends que le moment importe peu. Car la seule chose parfaite et essentielle, c'est ce que nous partageons : notre complicité, notre tendresse, notre respect... En un mot : notre amour !

FIN

Découvre très prochainement
une nouvelle aventure de

Disney

LA REINE DES NEIGES II

As-tu lu les premiers tomes de
La Reine des Neiges 2 ?

Tome 1

Tome 2

Tome 3

Tome 4

Tome 5

Tome 6

Retrouve Elsa et Anna
dans le roman du film

Pour tout connaître sur ta série préférée,
va vite sur le site :
www.bibliotheque-rose.com

TABLE

hachette s'engage pour l'environnement en réduisant l'empreinte carbone de ses livres. Celle de cet exemplaire est de :
300 g éq. CO_2
Rendez-vous sur www.hachette-durable.fr

PAPIER À BASE DE FIBRES CERTIFIÉES

Photogravure Nord Compo - Villeneuve-d'Ascq
Imprimé par Rotolito Romania en Roumanie
Dépôt légal : octobre 2020
Achevé d'imprimer : septembre 2020
48.4573.2/01 – ISBN 978-2-01-628833-7
Loi n° 49956 du 16 juillet 1949
sur les publications destinées à la jeunesse